L'ART
DE
QUITTER SA MAÎTRESSE,
OU
LES PREMIERS PRÉSENS DE L'AMOUR,

TABLEAU-VAUDEVILLE EN UN ACTE,

PAR

MM. NÉZEL ET SIMONNIN,

Représenté pour la première fois, à Paris, sur le Théâtre de la Gaîté,
le 18 janvier 1834.

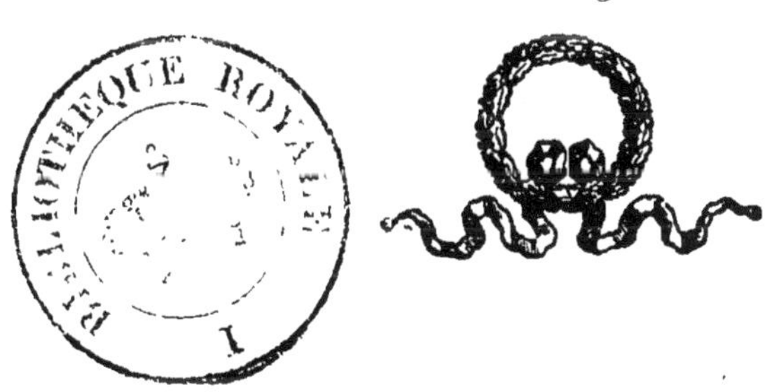

PARIS,

Chez L. A. GALLET, Editeur,
Boulevard du Temple, N° 37, et rue Vendôme, N° 4.

1834.

<table>
<tr><td>PERSONNAGES.</td><td>ACTEURS.</td></tr>
<tr><td>LESPINASSE, Etudiant en Droit,</td><td>MM. Saint-Firmin.</td></tr>
<tr><td>JOLIVET, } Etudians en Médecine,</td><td>Raimond.</td></tr>
<tr><td>HUCHET, }</td><td>Casimir.</td></tr>
<tr><td>BERGER, Garçon de l'hôtel garni,</td><td>Leménil.</td></tr>
<tr><td>Mad. BERGER, sa femme, portière
  de l'hôtel,</td><td>Mad. Chéza.</td></tr>
<tr><td>VICTOIRE, Ouvrière en Cols,</td><td>Mad. Leménil.</td></tr>
<tr><td>ATALA, Ouvrière en Gants,</td><td>Mlle. Caroline.</td></tr>
<tr><td>JUDITH, Ouvrière en Bretelles,</td><td>Mlle. Lequien.</td></tr>
</table>

―――――

La scène se passe dans un hôtel garni du quartier de la
Sorbonne.

L'ART
DE QUITTER SA MAITRESSE.

Le théâtre représente une petite chambre d'étudiant mesquinement meublée ; une cheminée, un vieux soufflet ; un rayon où sont quelques vieux bouquins ; une table, des chaises, etc. ; à droite, un cabinet.

SCÈNE Iʳᵉ.

BERGER (*seul, agenouillé devant la cheminée, et soufflant le feu avec un très-vieux soufflet*).

J'ai beau souffler depuis une heure, ça ne veut pas prendre ! ma foi, ça m'ennuie ; quand mon jeune étudiant viendra, il fera du feu s'il en veut, ou peut-être qu'il s'en passera, il est amoureux ; les amans, ça a toujours assez chaud... C'est une économie... je me souviens de ça, moi !..

Air : *Du dîner de garçons.*

Quand j'étais plus jeune, autrefois,
Je n'avais pas d' feu dans ma chambre ;
Mon amour était le seul bois
Dont je me chauffais en décembre ;
Dans un moment d' froid rigoureux,
Frissonnant, ayant la main gourde,
J' m'enflammais pour l'objet d' mes vœux,
Alors de l'amour, les doux feux
Me faisaient l' profit d'un' falourde.

Hein !.. qu'est-ce qui entre là ?

SCÈNE II.

VICTOIRE, BERGER.

VICTOIRE.

Bonjour, Berger.

BERGER.

Tiens, c'est vous, mademoiselle Victoire, déjà, il n'est pas huit heures du soir.

VICTOIRE.

Oui !.. je n'ai voulu faire que trois quarts de journée aujourd'hui... il faut des égards dans les commencemens... Où donc est Lespinasse ? Il n'est pas encore rentré ?

4

BERGER.

Comme vous voyez, puisque vous me trouvez seul chez lui
à souffler son feu ; car vous savez, mademoiselle Victoire,
qu'en ma qualité de garçon de cet hôtel garni, c'est moi qui
fais le ménage de tous nos étudians, pendant que ma femme,
portière dudit hôtel, tire le cordon à qui de droit.

VICTOIRE.

Vous devez joliment faire vos petites affaires ici ?..

BERGER.

Mais, oui, et puis, c'est amusant... on voit tant d' monde...
les locataires se renouvellent avec une telle rapidité !..

Air : Du Calife de Bagdad.

L'un va, l'autr' vient, on d'mande, on crie ;
L'un met sa clef, l'aut' la reprend ;
Parlez-moi d'un' maison garnie
Pour ceux qu' aiment le changement !..
Car c'est, vu qu'on n'y d' meure guères,
Tous les jours d' nouveaux locataires,
Les uns s'y trouv'nt bien, les autr's mal,
C'est comm' dans un château royal.

VICTOIRE.

Tout ça ne me dit pas où est Lespinasse ?

BERGER.

Je présume qu'il est allé, comme de coutume, fumer son
cigarre à l'estaminet des quatre billards, au coin du cloître
Saint-Benoît.

VICTOIRE.

Vous irez lui dire que je l'attends.

BERGER.

Je ne risquerais rien !.. quand ces messieurs sont une fois
à la poule.

VICTOIRE.

Eh bien ! et moi qu'est-ce que je suis donc ?

BERGER.

Vous, vous êtes une Syrène...

VICTOIRE.

Vous trouvez, Berger.. Au fait, je crois qu'il y a peu d'ou-
vrières en cols pour chanter comme moi... la Tyrolienne surtout... c'est un étudiant allemand qui me l'a apprise :.. pauvre
jeune homme,.. je l'ai bien aimé ;.. seulement il était trop
blond,.. c'en était fade !..

5

BERGER (*se rengorgeant*).

Moi... je suis brun, mademoiselle Victoire !..

VICTOIRE.

Ah ! vous avez été ;... car vous tombez un peu dans les albinos, Berger,... vous avez les cheveux d'une candeur...

BERGER.

Alors ils sont l'image de mon cœur, céleste créature.

VICTOIRE (*jouant l'air prude d'un air sérieux*).

Je crois que vous voudriez m'en conter.

BERGER.

Mais, oui, vous êtes assez jolie pour ça.

VICTOIRE.

Je vous répète et vous récidive pour la, je ne sais pas combien de fois, que ça ne prendra pas !.. dans ce moment ici... surtout...

BERGER.

Ah ! c'est juste !... dans l'intérêt de la morale et de la nouvelle connaissance, dont vous attendez le premier présent de l'amour.

VICTOIRE.

Comment le premier présent ? qu'est-ce à dire ?..

BERGER *(riant)*.

Comme si je n'étais pas au courant ! comme si je ne savais pas que vous et vos deux bonnes amies, Judith et Atala, vous avez fait, le même jour, à la chaumière, vos trois conquêtes, MM. Lespinasse, Huchet et Jolivet...

VICTOIRE.

Eh bien, après ?... quel mal !..

BERGER (*comiquement*).

Et alors, ces messieurs, voulant se conduire en hommes comme il faut, vous ont promis les premiers présens de l'amour... que vous attendez encore !.. c'est pour ça que vous êtes si attentives !.. si prévenantes !..

VICTOIRE.

Apprenez, monsieur, que dans les bretelles, dans les cols, et dans les gants, on est désintéressée ; la preuve, c'est que nous voulons offrir aussi à nos nouveaux amans, nos premiers cadeaux d'amour.

BERGER (*riant*).

Oui, je connais ça !.. vous leur donnerez, comme on dit,

un œuf pour avoir... un manteau ou un cachemire... connu !..

VICTOIRE.

Je n'ai jamais été cupide, entendez-vous... et ce n'est certainement pas pour un manteau, que m'a promis Lespinasse, que je me priverais... si j'en avais l'idée ! mais c'est pour ma conscience;... car enfin on peut faire des cols... et avoir des mœurs.

BERGER.

Ce que vous dites-là est si joli, qu'il faut que je vous embrasse... je n'y résiste pas !..

VICTOIRE (*tirant une aiguille, et se mettant en garde d'une manière comique.*)

Si vous m'approchez...

BERGER (*se reculant.*)

Oh ! là ! là !

VICTOIRE (*tenant toujours son aiguille la pointe en avant.*)

Air : *Vaud. du Piége ou d'une heure de folie.*

Contr' l'audacieux trop hardi dans son vol
C'est l'arme que not' pudeur oppose ;
L'aiguill' de l'ouvrière en col
Est l'epine auprès de la rose !..
Oui, cette aiguille est un dard meurtrier...

BERGER.

C'est un argument sans réplique ?

VICTOIRE.

Prenéz-y gárde , y n' faut pas s'y fier ;
Avec moi qui s'y frott'; s'y pique...

BERGER.

Ça m'est égal !.. je me risque. (*il se précipite sur Victoire, mad. Berger arrive et se jette entre les deux ; Victoire sort en riant*).

SCÈNE III.

BERGER, Mme BERGER.

MAD. BERGER.

Ah ! tu te risques !

BERGER.

Oh ! ma femme !..

MAD. BERGER.

Pourriez-vous me dire, mauvais sujet, ce que vous alliez risquer avec cette petite péronnelle.

BERGER.

Allons, te voilà encore avec ton éternelle jalousie... n'vas-tu pas te figurer... que je lui faisais aussi la cour à celle-là ....

MAD. BERGER.

Effronté !.. je le surprendrais la main dans le sac qu'il nierait encore...

BERGER (*un peu pénaud.*)

Je t'assure, ma petite femme !

MAD. BERGER.

Air : *On dit que je suis sans malice.*

Eh ! bien ? oui !.. moi, je suis jalouse !
Et si jamais à votre épouse,
Mon ami, vous faisiez des traits,
Je crois vraiment que je m' turais !
Ainsi donc tâchez d'être sage ,
Car dans not' contrat d' mariage.
Un coup d' canif s' rait, c'est certain,
Un coup de poignard dans mon sein.

BERGER.

.. ne sais pas ce que tu as !... jamais je n'ai pensé :...

MAD. BERGER.

C'est comme hier, avec la nouvelle maîtresse de M. Huchet, vous ne lui preniez pas la taille, n'est-ce pas ?..

BERGER.

A Judith ?.. une fameuse bégueule !.. je ne risquerais rien de m'y frotter...

MAD. BERGER.

C'est ça qu'elle est bien cruelle,... mademoiselle Judith ;... c'est pas celle-là qui aurait coupé la tête à Holopherne.

BERGER.

Je ne prétends pas dire qu'elle pousse la vertu aussi loin que ça.

MAD. BERGER.

Et mademoiselle Atala ,... encore une qui est sauvage?

BERGER.

Elle ne l'est pas autant que celle de M. Chateaubriand... mais...

MAD. BERGER.

C'est pour ça que Monsieur voudrait faire Calas avec elle,

BERGER.

Dis donc, Calchas... Quand on cite, il faut citer juste ,... surtout lorsqu'on habite le quartier savant.

MAD. BERGER.

Oui, c'est ça, qu'on y apprend de belles choses, dans le

quartier savant; pauvres parents de province, privez-vous donc, faites des économies pour que vos enfans viennent à Paris apprendre à jouer au billard, à faire des dettes, et à se perdre dans les bosquets de la chaumière avec les grisettes du 11° Arrondissement!... voyez plutôt votre M. Lespinasse, voilà dix ans qu'il fait son droit...

BERGER.

Il faut bien que jeunesse se passe.

MAD. BERGER.

Oui dà ;... mais comme la vôtre est avancée,... je ne veux pas que vous suiviez les traces de ces messieurs... je ne vous ai pas apporté six cents francs comptant en mariage pour les faire sauter avec le tiers et le quart.

BERGER.

Voilà que tu recommences !... quand je te dis que je ne faisais que badiner.

MAD. BERGER.

Eh bien ! quand vous voudrez badiner venez me chercher.

BERGER.

Tous les jours on voit prendre une taille...

MAD. BERGER.

Prenez la mienne.

BERGER.

Merci !

MAD. BERGER.

Qu'est-ce que vous dites ?

BERGER.

Moi ?... je n'ai rien dit !..

MAD. BERGER.

A présent, monsieur, faut venir m'embrasser.

BERGER.

Je crois qu'on me sonne.

MAD. BERGER.

On nesonne pas,... et puis il y a tems pour tout... allons, je vous attends!..

BERGER (*embrassant sa femme.*)

Voilà ! (*il va pour sortir, elle court après lui et le ramène.*)

MAD. BERGER (*tendant l'autre joue.*)

L'autre, s'il vous plait ?

BERGER,

Voilà pour l'autre...

SCÈNE IV.

Les précédens, JOLIVET, HUCH.

JOLIVET.

Bravo !

HUCHET.

Ne vous gênez donc pas !

BERGER.

Tu vois à quoi tu nous exposes !

MAD. BERGER, *d'un air sévère.*

Quel mal y a-t-il donc ? ces caresses là sont légitimes, Messieurs !...

JOLIVET.

Allons, mère Berger, n'allez-vous pas déjà nous faire de la morale ?

MAD. BERGER.

Air : *Restez, restez, troupe jolie.*

Sur cet articl' j'ai la parole,..
JOLIVET (*gaiement.*)
Madame, on vous l'interdira;
De par Hyppocrate et Barthole.
MAD. BERGER.
Je n' connais pas ces Messieurs-là,
Mais sans connaîtr' ces Messieurs-là,
Votre Barthole, je m'en flatte,
Jamais au billard ne jouait ;
Et j' parirais bien qu'Hyppocrate
N'allait pas à l'estaminet !...

Et là-dessus, Messieurs, je retourne à ma loge.

HUCHET.

Dites donc, mère Berger, quand Judith viendra, vous savez... Judith,... ma nouvelle ;... vous la ferez monter.

JOLIVET.

Ainsi qu'Atala ?...

MAD. BERGER.

C'est bon !... c'est bon !... M. Berger, passez devant !...

BERGER.

Mais, ma femme, ça n'est pas poli...

MAD. BERGER.

Passez devant, vous dis-je,... allons donc !....

(*Berger et sa femme sortent.*)

SCÈNE V.

HUCHET, JOLIVET.

HUCHET (*riant, les regardant sortir.*)

Ah! ah! ah! sont-ils drôles tous les deux!..

JOLIVET (*même jeu*).

Les jolis modèles!

HUCHET

Ah ça! voyons maintenant que nous sommes seuls, as-tu été à la poste, et y as-tu trouvé une lettre de ton père?

JOLIVET.

Oui,

HUCHET.

Et de l'argent?

JOLIVET.

Non.

HUCHET.

Comment, ton père te refuse!...

JOLIVET.

Lis plutôt, si tu en doutes.

HUCHET (*prenant la lettre*).

Je ne serais pas fâché de connaître le style d'un père de Cahors.

(*lisant*)

Mon cher Achille,

« J'ai reçu ta lettre qui ressemble à toutes les précédentes,
» c'est de l'argent et toujours de l'argent que tu me demandes...

(*parlant*)

Au fait, qu'est-ce qu'il veut que tu lui demandes de mieux?

JOLIVET.

Vas toujours...

HUCHET (*lisant*)

» « Nos vins ne se vendent pas aujourd'hui, (*parlant*) il faut
» les boire. Cependant je me gênerais volontiers pour toi si
» j'apprenais que tu travaillasses, mais on m'écrit que tu ne
» fais nuls progrès dans tes études de chirurgien; tu négliges
» l'amphithéâtre, enfin on dit que tu ne mords pas au cada-
» vre... (*parlant*) ça, c'est vrai, tu n'y mords pas du tout!...
» *reprenant sa lecture*) tu passes tout ton temps au café avec deux
» mauvais sujets qui te perdront. »

JOLIVET.

C'est toi et Lespinasse.

HUCHET.

Merci!... On m'en a écrit autant sur vous deux; tous les parents se ressemblent. (*lisant*)

« Arrange-toi donc pour faire des économies; car je suis bien
» décidé à ne pas te faire un envoi d'espèces avant le mois de
» février prochain.

Ton bon père qui t'embrasse,

P^{re} Jolivet.

Il est gentil le bon père Jolivet!.. ah!.. (*lisant*) «*Post-scrip-*
»*tum.* Nous avons beaucoup de truffes cette année...

JOLIVET.

Comme c'est intéressant à savoir pour un étudiant!...

HUCHET (*avec ironie.*)

Oui, ça ne laisse pas que d'être fort agréable!... (*lui ren-
dant la lettre*). Mon ami, je te rends la lettre de ton bon père...
Si c'est là tout ce que tu apportes de la poste...

JOLIVET.

Eh! mon dieu oui !...

HUCHET.

Alors, mon cher, il faut porter quelque chose au Mont-
de-Piété ?

JOLIVET.

J'y suis allé ce matin.

HUCHET.

A la bonne heure!

JOLIVET.

Mais on n'a rien voulu me prêter sur ce que j'offrais.

HUCHET.

Qu'est-ce que tu voulais mettre en gage ?

JOLIVET.

Ce magnifique squelette que j'ai acheté, tu sais, deux cents
francs, rue du Paon.

HUCHET.

C'est une pièce superbe !

JOLIVET.

Eh bien! imagine-toi que lorsque j'ai défait mon paquet,
la femme du commissionnaire, qui est enceinte, s'est trouvée
mal;.. j'ai cru qu'elle allait accoucher... et son mari, sans me
laisser le temps d'envelopper ce que j'apportais, nous a mis tous
les deux à la porte, mon squelette et moi !...

HUCHET.

Le barbare !... espérons que Lespinasse aura été plus heureux que nous... Justement, j'entends monter...

JOLIVET (*allant ouvrir!*).

C'est lui !...

SCÈNE VI.

Les mêmes, LESPINASSE *ayant l'accent gascon.*

HUCHET et JOLIVET.

C'est ce cher Lespinasse !

LESPINASSE (*joyeux.*)

Air : *Garde à vous.*

J'ai d' l'argent ! (*bis.*)
Amis, bonne nouvelle !,
La fortune cruelle
S'humanise un moment.
J'ai vraiment
De l'argent !
Allons, qu'on me salue !
Que l'on me prostitue
Titres, honneurs, haut rang ;
J'ai d' l'argent !

(*Pendant la ritournelle, il frappe sur son gousset.*)

JOLIVET.

Comment ! tu as trouvé de l'argent !

LESPINASSE.

Eh ! parbleu, un gascon en ferait pousser.

HUCHET.

Combien as-tu ?

LESPINASSE.

1500 francs !

JOLIVET.

1500 francs !...

LESPINASSE.

Sur nos trois signatures, vous m'aviez remis les vôtres en blanc,.. et voilà des espèces !.. (*il tire l'argent qui est dans son gousset.*)

HUCHET.

Il n'y a pas là 1500 fr.

LESPINASSE.

Non, il n'y a que cent écus; le surplus est dans la cour, regardez...

JOLIVET (*regardant par la croisée.*)

Qu'est-ce que c'est que ça ?

HUCHET.

Deux dromadaires !

LESPINASSE.

A 5oo fr. pièce, ça n'est pas cher...Et puis 200 fr. de pavés, première qualité... Vous voyez que ça fait bien le compte.

HUCHET.

Et que diable veux-tu que nous fassions de deux dromadaires ?

LESPINASSE.

Nous irons nous promener dessus au bois de Boulogne; ça ne sera pas commun !

JOLIVET.

Mais 200 fr. de pavés !

LESPINASSE.

C'est un peu dur à digérer, j'en conviens; mais que voulez-vous, mes amis, c'est tout ce que j'ai pu obtenir...

Air : *Pas de chagrin qui ne soit oublié.*

Nous allons partager, j'espère,
En bons frères, en amis francs !
(*leur donnant de l'argent*).
Voici d'abord le numéraire,
Je vous donne à chacun cent francs !
Comptez bien votre numéraire,
Cent écus, c'est chacun cent francs.
HUCHET et JOLIVET (*comptant*).
Oui, vraiment,
J'ai cent francs comptant !
LESPINASSE (*à chacun, tour à tour*).
Toi, des pavés tu feras ton affaire;
Toi, tu prendras le plus gros dromadaire;
Toi, les pavés ;... toi le gros dromadaire;
Et je me dis, en agissant en frère :
Pas de profit qui ne soit partagé
Entre les deux amis que j'ai !..
TOUS.
Pas de profit, etc.

SCÈNE VII.

Les mêmes, BERGER.

BERGER.

Monsieur Lespinasse, monsieur Lespinasse.

LESPINASSE.

Eh bien ! qu'est-ce que tu me veux ?

BERGER.

Venez vite ! vos dromadaires sont enragés.

LESPINASSE.

Comment ! ils sont enragés !

BERGER.

Certainement, ils dévorent les arbustes qui sont dans la cour ;.. ils ont déjà mangé la giroflée de ma femme !

LESPINASSE.

Tu te trompes ; ils ne doivent pas avoir faim ;.. on me les a garantis comme ne devant ni boire ni manger avant huit jours,.. et tout le monde sait que les chameaux et les dromadaires peuvent rester une semaine sans rien prendre.

BERGER.

Mais, Monsieur, il y en a peut-être déjà deux qu'ils attendent.

LESPINASSE.

Cela ne me regarde pas, je ne connais que les termes de mon marché ; ainsi, laisse-nous tranquilles !

BERGER (*par la croisée*).

Attendez, mes petites bêtes, je m'en vas vous donner du mouron.

JOLIVET.

Quant à nous, nous avons bien autre chose à penser !..

HUCHET.

Au fait, c'est vrai ;.. car enfin, quand nous aurons pris sur nos cent francs de quoi offrir à nos nouvelles maîtresses le premier cadeau d'usage, que nous restera-t-il ?

LESPINASSE (*embarrassé.*)

Ah ! dam !

HUCHET.

Moi, d'abord, j'ai promis à Judith un schall qui mangera au moins les trois quarts de la somme.

LESPINASSE.

Pourquoi lui promets-tu un schall ?

HUCHET.

C'est qu'elle me l'a demandé dans un moment où je ne pouvais rien lui refuser.

JOLIVET.

C'est comme moi, dans un instant de laisser-aller, j'ai pris l'engagement d'acheter une montre à Atala.

LESPINASSE.

Je vous demande un peu si une femme qui s'appelle Atala doit porter une montre.

JOLIVET.

Tu as bien promis un manteau à ta Victoire !..

LESPINASSE.

Oh ! quelle différence ,.. un manteau c'est une chose de première nécessité.

Air : *En amour comme on amitié.*

Un manteau sert à la beauté,
Comme à la fleur son doux feuillage :
Femme et fleur ont l'air maltraité,
L'une au sortir d'un bal, l'autre après un orage ;
Pour cacher leur affront nouveau,
Quand la fleur est un peu fanée,
Et quand la femme est un peu chiffonnée,
L'une a sa feuille et l'autre son manteau.

JOLIVET.

Ce que tu dis là est très-joli ; mais ça ne nous donne pas le moyen de sortir d'embarras.

LESPINASSE.

Comment faire ?

HUCHET.

Le premier présent est de rigueur !.. surtout quand il est promis.

LESPINASSE et JOLIVET.

Tu crois ?

HUCHET.

Oh ! oui,.. ou alors...

LESPINASSE.

Ou alors ?..

HUCHET.

Ou alors, il faudrait les quitter.

BERGER.

Pardon !.. mais ici je prends la parole, et je dis : *primo,* l'art de quitter sa maîtresse consiste à ne lui rien donner de ce qu'on lui a promis.

LESPINASSE (*à Huchet et à Jolivet*).

Au fait, Messieurs,.. en les quittant...

JOLIVET.

C'est vrai!.. du moment qu'on les quitte...

HUCHET.

On est quitte!.. tout est dit, et ce n'est pas si cher!..

SCÈNE VIII.

Les mêmes, MAD. BERGER entr'ouvrant la porte.

MAD. BERGER (*à part.*)

J'en étais sûre,.. encore avec ces mauvais sujets.

BERGER (*aux autres.*)

Le moyen que je vais vous donner est infaillible, je l'ai employé vingt fois pour ma femme, et toujours avec succès.

MAD. BERGER (*à part.*)

Oh! le scélérat! je savais bien qu'il me trompait!... (*elle ent'rouvre de tems en tems la porte derrière laquelle elle écoute.*)

BERGER (*aux autres.*)

Si l'on ne veut pas tout-à-fait se quitter, on se brouille... ainsi, par exemple, voici deux Napoléons qu'il ne tiendrait qu'à moi d'employer le jour de Sainte-Barbe, la fête de ma femme...

LESPINASSE.

Ah! madame Berger s'appelle...

BERGER.

Oui, c'est une Barbe... Eh bien, l'avant-veille de sa fête, je lui chercherai dispute, comme je fais tous les ans à pareille époque.

LESPINASSE.

Ah! fort bien!....

BERGER.

Air : *Et voilà tout ce que je sais.*

Oui, chaque fois que vient la fête
De ma respectable moitié ,
A la quereller je m'apprête ,
Afin de rompre un peu notre amitié ;
Ainsi, sans frais, son bouquet est payé !
Ell' me répond, à mon nez, à ma barbe,
Les mots les plus injurieux;
Bref, tous les ans, à la Saint'-Barbe,
Nous somm's prêts à nous prendre aux cheveux!

MAD. BERGER.

Ah! le monstre,.!

LESPINASSE (*aux autres.*)

Eh bien ! voilà qui est convenu ! une querelle, une brouille ! enfin, il faut les mettre de mauvaise humeur,... et pour cela ayons l'air d'y être nous mêmes !...

HUCHET.

C'est cela !... D'abord Judith ne veut pas que je fume,... je vas faire provision de 12 cigares de la Havanne, à 4 sous.

JOLIVET.

Atala... a des attaques de nerfs quand je lui parle politique, je lui lirai le Messager des chambres...

LESPINASSE.

Et moi, je lirai le Code à Victoire; elle prétend que c'est incivil.

BERGER.

Avec un peu de bonne volonté le reste viendra tout seul. Tenez, si vous m'en croyez, vous irez faire un tour à l'estaminet... Mademoiselle Victoire s'est déjà présentée, je lui ai dit que vous étiez en train de faire une poule... Il n'y a pas de mal que ces dames ne vous trouvé pas ici,... qu'elles vous attendent... Rien ne dispose mieux aux querelles.

LESPINASSE.

Il a encore raison... Allons mes amis, au billard !

HUCHET et JOLIVET.

C'est ça, au billard !

JOLIVET.

Air du Vaud. de la revue de Paris.

Par économie
Oui, façhons bien nos objets;
Et de brouillerie
Cherchons des sujets.

LESPINASSE.

Tenons leur rancune,
Sans jamais céder,
Tant que la fortune
Voudra nous bouder.

TOUS (*sortant.*)

Par économie, etc....   (*ils sortent.*)

SCENE IX.

MAD. BERGER (*seule.*)

Faites donc le sacrifice de votre liberté !.. Voilà comme ces Messieurs nous récompensent, le mien surtout, qui se dit toujours malade... J'ai mes rhumatismes, bobonne;... et moi qui avais la bonté de lui faire de la tisanne... Je t'en donnerai du chiendent et de la bourache. O beau sexe! à quoi sommes-nous exposées.

SCENE X.

Mad. BERGER, VICTOIRE, ATALA, JUDITH.

Chœur.

Air : *Au plaisir à la folie.* (Zampa.)
ou *Au signal qui nous appelle.* (L'enfance de Louis xii.)

Notre tâche est terminée.
C'est l'instant de s' divertir...
Pour nous la fin de la journée
Est l' commencement du plaisir.

MAD. BERGER. (*suite de l'air.*)

Jeun's fill's, jeun's, il faut qu'on soit plus sage!
Je vais vous parler le langage
De la raison.

LES JEUNES FILLES,

C'est bon! c'est bon?.. notre tâche est terminée.
etc.

MAD. BERGER.

Oui, oui, chantez!... il y a de quoi!..

VICTOIRE.

Comment! ils ne sont pas encore rentrés!

ATALA.

Et mon Achille, est-ce qu'il est sorti aussi?

MAD. BERGER.

Sans doute.... ne les appelle-t-on pas les trois inséparables?..

JUDITH.

Eh bien! c'est gentil.... Moi qui me suis piquée vingt fois pour arriver cinq minutes plutôt.

ATALA.

C'est comme moi, j'ai joliment bousillé mon ouvrage ce soir.

VICTOIRE.

Ah ça! décidément? ces Messieurs en prennent trop à leur aise,... il faut nous fâcher!..

MAD. BERGER.

Vous fâcher! je vous le conseille!..

VICTOIRE.

Tiens ! nous nous génerons peut-être ! moi d'abord j'ai quelqu'un qui n'attend que l'occasion... et qui me convient mieux que Lespinâsse.

ATALA.

C'est comme moi ;... il y a un marchand de chevaux qui ne demande qu'à me donner des leçons de natation.

JUDITH.

Moi, ils sont deux qui me persécutent... C'est plus fort !...

VICTOIRE.

Oui !.. Eh bien, rompons avec les étudians !...

ATALA et JUDITH.

C'est ça, rompons !..

MAD. BERGER (vivement.)

Rompons ! rompons !.. (avec ironie.) Vous les attraperez bien avec vos rompons ! c'est ce qu'ils veulent !...

JUDITH.

Plait-il ?

ATALA.

Mon Achille est incapable de me lâcher,... entendez-vous..

VICTOIRE.

Ce n'est pas une femme comme moi qn'on plante là comme un paquet...

MAD. BERGER.

Pauvres tourterelles que vous faites... C'est votre bon ange qui m'envoie ici .. Apprenez que vos monstres d'amoureux conspirent contre vous !...

LES JEUNES FILLES.

Contre nous ?.,

MAD. BERGER.

Mais non,... vous n'y êtes pas ?. ce n'est pas contre le gouvernement qu'ils conspirent,... c'est contre vous.

VICTOIRE.

Expliquez-vous avec plus de lucidité si vous voulez que nous puissions vous comprendre.

MAD. BERGER.

C'est clair !... ils ont décidé là,... il y a un quart d'heure,... et cela d'après les conseils de mon infâme époux ;... de vous chercher querelle afin de ne point vous offrir le premier cadeau de l'...

VICTOIRE (*vivement.*)

Air : *Comme il m'aimait.*

N'achevez pas ! (*bis.*)
C'est le troisième, chère amie,
Qui m'abandonne en même cas, .
Ces monstres d'hommes sont-ils ingrats?

JUDITH et ATALA.

C'est une horreur un' perfidie !

MAD. BERGER.

Oui, c'est par une brouillerie...

VICTOIRE.

N'achevez pas !.. (*bis.*)

TOUTES.

N'achevez pas, (*bis.*)

JUDITH.

Puisque c'est ainsi, ne rompons qu'après les avoir forés à nous donner ce qu'ils nous ont promis. ....

VICTOIRE.

Elle a raison !... nous sommes déjà dans trop de faillites...

MAD. BERGER.

Alors il faut vous arranger,... quoique ces Messieurs fassent ou disent, pour prendre tout du bon côté...

VICTOIRE.

Dites donc, mère Berger, savez-vous les moyens que ces messieurss comptent employer pour...

MAD. BERGER.

Oui... M. Huchet doit fumer une douzaine de cigarres... parce qu'il dit qu'ça attaque les nerfs de mademoiselle Judith.

JUDITH.

Plus souvent... je lui dis ça pour me donner une genre... ça me fait éternuer, v'là tout.

MAD. BERGER.

Le vôtre, mademoiselle Atala, veut vous lire le Messager des Chambres.

ATALA.

Oui? Eh bien je me boucherai les oreilles.

MAD. BERGER.

Quant à vous, mademoiselle Victoire, il vous lira le Code...

VICTOIRE.

Oh! le Code!.. il veut donc ma mort, c't'être-là!.. mais c'est égal,.. je l'affronterai! maintenant que nous savons à quoi nous en tenir, formons à notre tour une coalition, et jurons de ne déposer les armes qu'après les avoir forcé à capituler !

TOUTES.

C'est ça! jurons!..

VICTOIRE.

Air : *De la Famille Jabutot.*

Point nous n'attaqu'rons !
C'est nn' guerr' defensive !
Mais nous nous tiendrons
Toujours sur le qui-vive !
La consign', la v'là :
Bonté, complaisance,
Douceur, patience !..
Ne sortons pas d'là !..
Que ce soit les armes,
Oui, les seules armes,
Dont, avec nos charmes,
On se servira.
Pour triompher dans c'te guerr' là,
Ainsi donc, nous l' jurons,
D'eux tous nous triompherons !
Oui, oui, oui, oui, jurons
Qu'nous triompherons !

TOUTES.

Oui, oui, oui, oui, etc.

MAD. BERGER.

Les voilà... attention...

━━━━━

SCÈNE XI.

Les mêmes, HUCHET, *un cigarre à la bouche.* LESPINASSE, *avec une queue de billard.* JOLIVET, *le Journal du soir à la main.*

LESPINASSE.

Comment, ma petite Victoire, tu m'attendais ;.. nous étions à faire une poule... et le temps passe si vîte à la poule !..

VICTOIRE.

Oh ! la jolie queue de billard !..

LESPINASSE.

C'est une queue d'honneur que je viens de gagner...

VICTOIRE.

Ah! vraiment!.. oh ! regardez donc, mesdemoiselles, elle est délirante, cette queue.

JUDITH.

Oui, elle est à se mettre à genou devant.

ATALA.

Avec des procédés encore !

VICTOIRE.

Lespinasse, il faut que tu m'apprennes à jouer au billard.

LESPINASSE.

Comment ! toi qui me reprochais d'y passer tout mon temps.

VICTOIRE.

Ça fait que nous irons ensemble (*prenant un rond de bleu.*) C'est comme ça que ça s'arrange, n'est-ce pas?.. puis, comme ça que ça se tient... (*elle fait mine de jouer au billard.*) Un petit coup sec et on bloque son adversaire... Tu me montreras aussi le carambolage, cher ami!..

HUCHET (*d'Judith.*)

Ne m'approche donc pas, tu vois bien que je fume.

JUDITH.

A la bonne heure, v'là une *cigale* qui sent *bonne !*

HUCHET (*fumant.*)

Qu'est-ce que tu dis ?

JUDITH.

Et puis, dans ce moment *ici*, je te permets de fumer ; le temps est humide, ça purge l'atmosphère.

HUCHET.

Tu te moques de moi.

JUDITH.

Mais non, tiens, prête un peu, je vas fumer un peu ; je ne dois pas être plus difficile que Mlle Jenny Colon, du théâtre des Variétés (1) ; tiens, regarde... (*elle fume un peu, en faisant la grimace, puis elle tousse et crache.*) Ah ! c'est bien agreable, la cigale !

JOLIVET (*à part, lisant le journal.*)

Moi, je ne quitte pas le Messager...

ATALA (*avec amabilité.*)

Achille, qu'est-ce qu'il y a de nouveau dans le journal de ce soir.

JOLIVET.

Tu sais bien que tu n'aimes pas que je te parle de politique.

ATALA.

Oui, autrefois, à cause de mes opinions ; mais depuis que

(1) Dans une pièce intitulée : *Une Fille d'Ève.*

tu m'as convertie, je ne suis plus pour la légitimité…Voyons, monsieur, je veux des nouvelles !.. Comment se portent Dom Perdreau et le curé Mérinos ?

JOLIVET (*avec humeur.*)

Est-ce que je sais !

ATALA.

Et la Bourse est-elle à la hausse ?.. Il y a eu la semaine dernière un mouvement de baisse qui m'a fait de la peine.

JOLLIVET (*avec humeur.*)

Tiens, voilà le journal, tu verras ce que tu voudras.

JUDITH (*bas aux autres femmes.*)

Tenons-nous bien, ils méditent quelque plan.

LESPINASSE (*bas aux autres hommes.*)

Pas moyen de se fâcher.

HUCHET.

Elles sont d'une amabilité révoltante !

VICTOIRE (*à ses compagnes.*)

Pour les désespérer tout-à-fait par nos prévenances, offrons-leur nos petits présens.

ATALA.

Ah ! mon Dieu ! je les ai oubliés !

VICTOIRE (*bas aux autres femmes.*)

Là ! étourdie d'Atala !.. elle n'en fait jamais d'autres !

JUDITH (*même jeu.*)

Allons les acheter, les boutiques sont encore ouvertes.

TOUTES (*bas entre elles.*)

C'est ça ! allons !

LESPINASSE.

Que dites-vous donc, mesdames ?

ATALA.

Ah ! c'est que… comme l'ouvrage est pressé, on nous a fait promettre à nos ateliers, de retourner veiller… et alors…

VICTOIRE.

Mais, vous êtes si aimables, que nous préférons votre société ;.. seulement nous allons prévenir qu'on ne compte pas sur nous, et nous revenons ici.

LESPINASSE (*bas aux autres.*)

Allons ! elles ont juré d'être adorables aujourd'hui !

VICTOIRE.

Tu le veux bien, mon ami!.. allons, embrasse-moi!..

LESPINASSE (*avec contrainte.*)

De tout mon cœur.

JUDITH (*tendant sa joue.*)

.. Je t'attends, Huchet.

ATALA (*à Jolivet.*)

Et vous, Achille, vous n'embrassez pas votre Atala?

JOLIVET (*avec contrainte.*)

Si fait! comment donc!..

VICTOIRE.

Ne vous impatientez pas, nous ne serons pas long-temps.

LESPINASSE.

Air : *Adieu donc, adieu madame!*

Allez donc, femmes charmantes,
Mais revenez, car d'honneur,
Lorsque vous êtes absentes,
C'est l'absence du bonheur!

VICTOIRE.

(*Parlé.*) Heim!.. comme c'est joli! de s'aimer si tendre-
ment! si sincèrement!..

ENSEMBLE.

LES JEUNES FILLES.	LES JEUNES GENS.
Bien vrai, nous serons absentes,	Allex donc, femme, charmantes,
Tout au plus quelques instans;	Mais revenez, car d'honneur
Noas somm's trop impatientes	Lorsque vous êtes absentes,
De r'venir près d'nos omans.	C'est l'absence du bonheur.

SCÈNE XII.

LESPINASSE, HUCHET, JOLIVET.

(*Ils se regardent tous ttois avec étonnement.*)

LESPINASSE.

Heim ?.. Qu'en dites-vous ?

JOLIVET.

C'est à n'y pas tenir.

LESPINASSE.

Air? *de Céline.*

Malgré moi, Victoire m'enchante.

JOLIVET.

Moi, j'en conviens, mon Htala,
Est d'une bonté révoltante.

HUCHET.
Je n'ai jamais vu Judith comme ça !

LESPINASSE.
Vit-on jamais trois plus aimables dames ;
Gaieté, douceur, caractère charmant ;
Et qu'on dise encor que les femmes
N'ont pas l'esprit contrariant !

SCÈNE XIII.

Les mêmes, BERGER.

BERGER.

Ah ! vous êtes seuls... Eh bien, ça va comme vous voulez, n'est-ce pas ?

LESPINASSE.

Oui, tu peux te vanter de nous avoir donné un fameux moyen.

BERGER.

J'en étais sûr, ça ne manque jamais.

HUCHET.

C'est qu'au contraire, ça n'a pas pris du tout.

BERGER.

Ah ! bah ! pas possible !

JOLIVET.

C'est pourtant comme ça !

BERGER.

C'est que vous ne savez pas vous y prendre pour tourmenter les femmes. Demandez à la mienne !

LESPINASSE.

Que veux-tu ? elles sont aujourd'hui tendres, douces......

HUCHET.

Soumises......

JOLIVET.

Et d'une complaisance....

LESPINASSE.

Enfin, elles sont parfaites.

BERGER.

Parfaites !... Alors, c'est qu'elles se doutent de quelque chose.... Nous aurons plus de peine que je croyais... Ah ! une idée !... Vous avez sur vous des lettres de vos parens ?

TOUS.

Oui !

BERGER

Donnez-moi seulement les enveloppes, les feuillets où se trouvent les adresses, parce qu'il faut qu'elles voient le timbre de la poste; sans ça elles pourraien se douter...

LESPINASSE.

Quel est ton projet ?

BERGER.

Vous le saurez plus tard, c'est mon secret; je veux vous surprendre.

TOUT. (lui donnant des adresses de lettres.)

Viens ! voilà !

FERGER.

Je vous dis que vous serez contens !.. A présent, ce n'est pas tout, il faut faire du punch.

HUCHET.

Tu crois qu'il faut faire du punch ?

BERGER.

Sans doute; vous allez m'échauffer toutes ces jolies petites tête-là, parce qu'une fois qu'elles seront dans la vapeur, on ne sait plus ce qu'on dit, ni ce qu'on fait... et alors on se dispute... voilà l'agrément qu'on a.

JOLIVET.

Ah ! cette fois je commence à te croire.

LESPINASSE.

D'autant plus qu'elles ne détestent pas absolument le punch.

BERGER.

Pourvu qu'il ne leur prenne pas envie de faire des crêpes ! Les femmes sont si astucieuses !... J'ai eu une rousse dans le temps qui m'a retenu trois mois avec des beignets.

HUCHET.

Allons, vas donc, bavard.

BERGER.

J'ai en bas du sucre, de l'eau-de-vie et des citrons, je vais vous monter tout cela... Commencez toujours par faire chauffer de l'eau.

HUCHET.

Sois tranquille; je m'en charge. (Berger sort.)

SCÈNE XIV.

Les mêmes, excepté BERGER.

HUCHET.

Allons vite, faisons d'abord du feu

JOLIVET.

Rangeons ce qui se trouve sur cette table.

LESPINASSE. (*Jetant des livres qui étaient sur la table.*)

Voilà !

JOLIVET.

C'est comme ça que tu arranges ton Code ? (*Il le ramasse et le met dans un rayon.*)

HUCHET. (*Soufflant le feu avec le vieux soufflet.*)

Dis-donc, Lespinasse, tu devrais bien acheter un autre soufflet... Celui-ci est tout percé, il n'a plus d'âme.

LESPINASSE.

C'est égal, j'y tiens, moi, à ce soufflet, par reconnaissance pour les services qu'il m'a rendus étant jeune.

Air : *De Garrick.*

Ami sans âme, et meuble par trop vieux,
Près d' la cheminée est toujours ton azile ;
Oui, je prétends le garder en ces lieux,
Quoiqu'il me soit à peu près inutile ;
En conservant son emploi tel qu'il est,
De bien du monde il imite l'audace ;
Combien de gens sont en effet
Sans âme, ainsi que ce soufflet,
Et qui pourtant gardent leur place.

JOLIVET.

A la bonne heure !... mais ce n'est pas de ça qu'il s'agit ; dans quoi ferons-nous le punch ?

HUCHET.

Voilà une marmite.

LESPINASSE.

Oh ! non ? j'ai mieux que ça ; j'ai un saladier... (*Ils s'occupent tous trois à préparer ce qu'il faut pour le punch.*)

SCÈNE XV.

Les mêmes, VICTOIRE, AVALA, JUDITH.

VICTOIRE.

J'espère que nous n'avons pas été long-temps.

Imprim. le GRANER, rue de Grenelle-S.

ATALA.

Tiens! qu'est-ce que vous faites donc là?

LESPINASSE.

C'est une surprise que nous vous ménageons...

JOLIVET.

Nous allons faire du punch.

HUCHET.

Bien doux, bien doux,.. un petit punch des des dames.

LESPINASSE.

A enlever le palais.

VICTOIRE.

Ah! c'est bien aimable? (*bas aux autres femmes.*) c'est un piège!..

Air : La victoire en chantant nous ouvre la barrière.

Là, Victoire a promis une constance entiè.e ;
Elle croyait aimer toujours ;
Mais c'est vous, vous, messieurs, qui changez de bannière,
Et désertez cell' des amours !
De l'hymen, la vieille milice,
Sous ses drapeaux vous a conquis ;
Allez donc prendre du service
Dans le régiment des maris !
La femm' légitim' vous appelle,
Sachez bien, avant d' vous unir,
Qu'un mari doit vivre pour elle,
Pour elle un mari doit mourir !

TOUTES.

Un mari doit vivre pour elle !
Pour elle un mari doit mourir !

BERGER (*aux jeunes gens.*)

Eh bien ! que dites-vous de mon traité sur *l'art de quitter* sa maitresse !

LESPINASSE.

Je dis... je dis que c'est *l'art d'en être quitté.*

VICTOIRE.

Nous en sommes venues à notre honneur, mesdomoiselles partons!..

LES TROIS JEUNES FILLES *reprennent en chœur.*

La femm' légitim' vous appelle,
Sachez bien, avant d'vous unir,
Qu'un mari doit vivre pour elle,
Pour elle un mari doit mourir !

(*Elles s'en vont ; les autres les regardent partir. Tableau.*)

FIN.

Imprimerie de SÉTIER, rue de Grenelle Saint-Honoré, n, 29.

www.ingramcontent.com/pod-product-compliance
Ingram Content Group UK Ltd.
Pitfield, Milton Keynes, MK11 3LW, UK
UKHW020135080726
13614UKWH00005B/2241